売店日記

池松　芳子
Yoshiko Ikematsu

文芸社

売店日記

私、黒井葉子、五十二歳、昨年五月の連休明けから、営団地下鉄の駅の売店で販売員として働いています。前職は、貸し会議室のサービス業務。一応、責任者という地位を与えられ、自分なりに努力もし頑張ってきたつもり。

バブルの崩壊で、私が入社した時点で会社はすでに危うい状態にあったらしい。それでも七年間持ちこたえ、一時失脚した社長（前社長の息子）が返り咲くと、その新社長による社員の給料持ち逃げ、及び自己破産宣告で終わりを告げました。

我々の会社に会議室の運営を委託していたビルの管理会社の厚意で、私は会議室のサービス部員として残留。しかし、待遇面で納得がいかず、倒産から半年後、五十歳を目前にした一月末日に辞めてしまいました。

販売員としてここに立つまでの一年あまりは、微々たるものとはいえ退職金も失業保険もあり、次女の結婚を控えていたこともあって、今までになく華やいだ日々を過ごすことができました。

やっと身辺も落ち着き、探した末にこの販売員の仕事を得たのです。

小さいながら、一つの店を一人で運営できるし、煩わしい人間関係もない。そこが気に入りました。もっとも、一人では何もできないということを後で思い知ることになるのですが。ともあれ、研修が終わってひとり立ちした時は、本当に嬉しかった。

さらに、初めて心を開ける友に会えたことは、私の生涯で最大の収穫となりました。友は、倒産した前の会社にいたゆき絵さんです。彼女とは、私の売店に彼女が立ち寄ってくれたことから交流が始まりました。

売店の朝番は七時から十三時、午後番は十三時から二十一時半。朝番が私で、午後番は浜野さんの担当です。五月に同時採用となった私と浜野さんとで、月曜日から土曜日まで毎日店を開けています。

午後番の浜野さんは、なに不自由ない裕福な家庭の奥様。性格も明るく、若々しい感じの美人。年齢は私より四歳も下なのに、私よりずっと大人です。

店の近くにはパン屋さんがあり、そこから漂ってくる甘い匂いには正直言って辟易としていますが、仲良くご近所付き合いをさせてもらっています。

今年三月、ひょんなことから私は鍼灸の診療所に通うようになりました。一ヶ月後には浜野さんも通い始め、その後、ゆき絵さんにも勧めて私たち三人「おハリの友」になりました。

ゆき絵さんと私はＦＡＸの交換をしています。ゆき絵さんは耳が不自由なのです。これは何度目かの、私からゆき絵さんへのＦＡＸ。私たち、お互いに「ゆき絵ちゃん」「黒ちゃん」と呼び合っています。

六月二十七日

きのうは鍼の日だったのですが、先生の具合が悪くてキャンセルになりました。急に時間ができたので、午前中に駄目元でＴＥＬしてみました。

傷跡の痛みはどうですか？　私、一人で横浜を散歩してきました。まず、港の見える丘、気に入りのレストラン。窓からベイブリッジが一望なんです。着いたのが三時を過ぎていたのでランチタイムは終わり、飲み物だけというので、ベイブリッジを眺めながらワインをいただきました。

暑かったけれど、お天気も良かったので公園をブラブラしました。薔薇が咲きかけていて、作業員らしい人たちが手入れをしていました。坂道をダラダラと降りると、途中にフランス山が。そこも覗き、坂を降りきって左に折れると元町です。

元町は昔に比べると雰囲気がなくなってちょっとがっかりですが、ウインドウショッピングをしながらみなとみらいまで出て、赤レンガパークに寄るつもり。ここは昔の赤レンガ倉庫。裕ちゃんの映画に出てきたところでしょう？やがて、函館のビアレストランを真似て営業を始めるらしいけれど、今はまだ廃墟の赤レンガ倉庫群。人もあまりいなくて、ひっそりしていて好きな場所です。計画では、この後高島町のバーで夜景を見ながら一杯なのですが、この日は素足にサンダル履きだったのです。足にサンダルの紐ずれができ、痛くて元町から真っすぐ帰りました。

横浜を案内するとすれば、一応このコースと、もう一つ杉田からシーサイドラインで鳥浜の寿司屋さん経由で鎌倉に出て、鎌倉山の檑亭で山を見ながらお薄というコースを考えていたのですが、いかがでしょうか。

土日は横浜も混むので、平日一時きっかりにここを出発しましょうか。もちろん、ゆき絵ちゃんの行きたいところがあればそこへも行きますし、あまり動きたくなければ、私の家でダべるというのも……。また、会っておしゃべりしたいです。連絡ください、待ってます。

くろ

きのうの留守電、黒ちゃんだったの？

私、名前が聞き取れなくて……。きのうはいつにも増して聞こえが悪くて、もう、いつもごめんなさい。ＦＡＸいただいてよかった。ありがとう。素敵なコース考えてくれてとっても嬉しい！

なんとか元気でお出かけしたいです。お出かけコース読んでいるだけで、もうそこを歩いているような気分です。

きのうからの暑さで、また自律神経がちょっとご機嫌悪いみたい。私、本当に夏がくるとストレスがたまってしまうんです。

ゆき絵

某月某日

きょうは、ゆき絵ちゃんと飲む日。

きのう、キャンセルのＦＡＸはなかったから、多分大丈夫でしょう。前回は、当日に私の携帯へキャンセルを入れてきました。私の声は、ほとんど聞こえないらしく、

「傷口が痛いの」

と、何度もゴメンネを繰り返して切れました。

きのう一本、きょう一本、私は清酒の四合壜を持ってきました。ゆき絵ちゃんは日本酒党だと思ったから。一本は軽めの酒、もう一本は辛口で大人の酒。それらは今、裏の煙草の倉庫に入れてあります。

地下鉄の出入り口の階段を上ったところに、ゆき絵ちゃんがそっと立っていました。二人で並んで歩き、ゆき絵ちゃんが何か話すと私が頷く。時々、私も

声を出します。ゆき絵ちゃんはわかる時もあるし、判断しかねている時もあります。私はいいよ、いいよと首を振ります。

「先に酒屋に行く？」

ゆき絵ちゃんに聞かれ、

「持ってきたよ」

と、バッグを開いて見せました。

「先にビール飲むでしょう？　ビールとワイン買っていこう」

ちょっと笑ってゆき絵ちゃんが言います。

「古いアパートよ。壁もしみができてて、黒ちゃん、驚くよ」

「た・の・し・み」

初めて歩く道。左右のブティックを見ながら直進すると、四つ角の向こうの角に大きな立派な日本家屋が見えました。根津美術館の看板が出ています。その横を通り過ぎてなだらかな坂を降りると、下町の雰囲気。狭い道路のこの一角だけ交通量が多く、横切る時は神経を使います。ゆき絵ちゃんは、さぞかし怖いことでしょう。

ゆき絵ちゃんの住まいは、名の知れたマンションの一室。なんだ、良いところに住んでいるじゃないの。バツイチで無職で、女の一人住まい。生計をいかに立てているのか私にはわかりませんが、あれこれ想像していたよりはるかに綺麗な暮らしぶりです。安心すると同時に、自分の想像との落差の大きさに苦笑してしまいました。

ゆき絵さんの家に行くのだと言うと、浜野さんは驚いたような顔をしました。「男の人がいらっしゃるわよ、あんなに素敵な女性なんだもの」

私も、ゆき絵ちゃんに良い男がいればと思います。でも、過去にはそういうことがあったとしても、今はないと思います。そうでなければ、あんな寂しい

FAXがくるはずありませんから。

都会の大人の女の部屋。一DKの部屋にはセミダブルベッド、枕元にポプリ、壁には朱色の帯地様の布袋に入ったお琴が立ててあります。座卓には、行きつけの寿司屋の親爺さんにつくってもらった刺身の盛り合わせ。

「これも、私がつくったものではありません」

という茄子の煮浸し等が並んでいます。食器は、ぐい飲みもワイングラスもあり合わせではない、彼女の好みで探し集めたと思えるものが出ています。

「あのビルが建つまでは、東京タワーが見えたの。ベランダに泥棒がいてね、お互いの目が合って固まっちゃって、どうしようと思っているうちにフーッといなくなってくれて、ホッ。外出して帰ってきて鍵穴に鍵を差し込むと、いつもの感触とは違うの。固かったり緩かったり。ピッキング？　やられているよ、いつも。だから、帰ってくると玄関ドアを開けたままでそーっと部屋に入って、誰もいないのを確かめてから鍵をかけるの」

そういうのもストレスになって、彼女の肩や首を痛くするのだと言います。

「元気な頃はここに大勢友達が来てね、私は次から次に料理をつくって、そして一人ダウンしてそのベッドに寝て、もう一人はそこのソファーに。だけど、一人だけ強い娘がいて、夜にお酒を買いに行くの。自販機はね、車の免許証で買えるのよ」

「へぇ、そうなんだ。知らなかったよ。ゆき絵ちゃんは元来楽しい人なんだね」

なんて、つまらない受け答えしかできない私。

「そう、陽気でおしゃべりな奴なんでーす」

それから、少し前まで働いていたところを辞めたいきさつも聞きました。

ゆき絵ちゃんに仕事をくれた長年の友人に、仕事に対する姿勢を責められた悔しいＦＡＸの応酬を見せてくれて、それから昨年の暮れに受けた手術の傷跡

（みぞおちからお臍までの大きな傷跡。それがサーモンピンクに染まっている）を私に見せて、

「お酒を飲むとこうなるの。私ね、このことはそんなにショックじゃないの。検査を受けて結果が出るまでに、もう癌だって言われるの覚悟してたから。ただ、この耳がね、辛いの」

何か言わなければ、何か書かなければ。でも、なんと言えばゆき絵ちゃんを慰められるのか、私にはわかりませんでした。

二人で泣いたり笑ったりした挙句、私は沈没。彼女のベッドで眠りに落ちました。ふと気がつくと、ゆき絵ちゃんの話し声が聞こえました。

「えー、彼女、お酒を二本も持ってきて、弱いのに慣れないもの飲んで酔っちゃって寝てしまったので、えー、きょうは……」

どこに電話しているの？　誰と話しているの？　私は大丈夫だから、少し休

めば帰れるから……。ゆき絵ちゃん、電話聞こえているのね。その晩、私は初めて訪ねた人の部屋に泊まってしまいました。

毎週水・木曜日、私は売店の仕事が終わると、大手町のフィナンシャルセンタービルの二十階に、コーヒーサービスの仕事に通っています。二時半から五時半まで。地下鉄でビルの地下まで行けるので、寒くても暑くても雨でも雪でもへっちゃら。いい仕事をみつけました。昨年の十月からなので、そろそろ一年になります。そして今年の三月から、もう一つバイトを増やしました。

横浜の桜木町、みなとみらいにあるランドマークタワーと連なるホテルの、従業員のための社員食堂の仕事です。三時から七時半まで週三回、最初は週四回で入ったのですが、少し辛くなって一回減らしてもらいました。

これだけやっても、前の倒産した会社のお給料には及ばないのです。まあ、せいぜい健康に気をつけて、死ぬまで元気に働こう。病気はしません。そのつもりです。

お金になる仕事も、あるにはあるのです。前にやった化粧品のテレアポ。でも、時間が合わなかったり、もともと営業はちょっと……。常に商品知識の勉強もしなければなりません。私は体を動かすほうが向いていると思います。

ウーン、それにしてもお金が欲しい。

田舎の母がボケてしまい、寝たきりではないものの介護にお金がかかるのです。半分みてくれ、と姉が言ってきたのが昨年の十月。七月の次女の結婚式の時に来てくれた父は、いかにも羽振り良さそうにしていたのに、自分たちの老後の蓄えもなかったのです。

「ごめんね、姉ちゃん。お金ないよ。退職金があるうちに言ってくれれば、あんなに大盤振るまい（そんなに？）せずに残しておいたのに」

月々のオムツ代くらいで勘弁してもらっています。お金のことで、これ以上姉に辛い思いをさせたくありません。それでなくても、介護は大変。お金で済めば楽だと聞きます。目に見えない負担が、どれだけ大きいことか。

「介護保険が導入されるまではよかった」

と姉は言います。母の介護認定は四だか五だか、とにかく最高の等級になるのだそうです。それが良いことなのか悪いことなのか、わからずにいる私。

夫もよく働いているようではありません。小さな印刷会社の社長として頑張っています。が、社員の給料も滞りがちな社長なのです。一昨年までは夫の兄が社長でした。私は反対したのに、その会社を義兄から引き継いで社長になってしまい、苦労しています。

でも、良い時もありましたし、義兄夫婦にはとても良くしてもらっていますから、誰も責められません。悪いのは経済観念の希薄な私自身です。せめて私の子供たちには迷惑かけないようにしなくてはと、それだけは肝に銘じています。

某月某日

ゆき絵さま、こんにちは。

先日のお返事ＦＡＸ、ゆき絵ちゃんの寂しさに胸がかきむしられる思いがしました。何か喜んでもらえるものはないかと考えた末、私、連載小説を書くことを思いつきました。私からのＦＡＸを恋人からの便りのように嬉しく思ってくださるあなたのために、主人公の「私」は男という設定にしてみました。それでは、小説「売店日記」初回を送ります。

「いらっしゃいませ。ガム一〇五円、セブンスター二五〇円、三五五円いただきます」

この売店に立つようになって一年が過ぎようとしています。私がこの職を選んだのは、それまで勤めていたケータリングの会社が倒産してしまったためであります。

倒産後、すぐに始めた派遣でのバイト収入が思ったよりよいことから、午後からそのバイトもつづけたいため、売店で朝番として新規採用されました。一ヶ月あまりの研修の後、この売り場に配属されました。ここは東京でもおしゃれな街と言われるだけに、人間ウォッチングしているだけでも楽しいものです。

売店の仕事は、思ったより大変でした。朝の早い勤め人が、七時前から朝刊を求めてやってきます。荷解きの終わっていない新聞の山の中から、求められる一部を探し出すのはひと苦労。月曜日から土曜日の、曜日ごとの発売週刊誌も同じことです。

　私の場合、契約時間は七時から十三時までですが、七時の店開けのため、家を五時七分に出ます。最寄駅のＪＲ保土ケ谷駅五時十七分発の一番電車に乗って、新橋で営団に乗り換え六時五分着。売店の前には、すでに本日発売の新聞、雑誌が積み上げられています。

　下げるものは下げ、売れ筋を考えながらテキパキと開店準備をします。夏場のことゆえ汗だくです。ついでに煙草の自販機を開けて補充し、現金を抜きます。汗になったシャツを着替え、制汗スプレーを振りかけます。

　冷房設備などなく、小さい扇風機が一つあるだけですから、またすぐに汗になってしまいます。さあ、それでは午後番の浜野さんに引き継ぐまで、文字どおり私の独り舞台の始まりです。

　研修中、特に念を押されたことは、相方と上手くやること。朝番と午後番とでは、それぞれに分担があるため、時として注文ミス等により相手に迷惑をかける場合もあります。何しろミスの多い私。その点、彼女は大らかで感じが良く、私は非常に助かっています。

もし彼女が口うるさいおばさんだったら、私はきっと三日と持たなかったでしょう。おかげで、私はひたすら業務に専念すればよいのです。業務といっても、それぞれの品物の値段と煙草のありかを把握できれば、大体なんとかなります。

キヨスクでは、大勢の客を相手に千手観音のようにつり銭を出す販売員の手際に感心したものですが、それをこれから私がやるのです。果たしてできるだろうか。最初の頃は不安もありましたが、大きな失敗もなく、最近では客の欲っしているものがわかるようになってきました。

常連客もでき、なかなか順調。何より嬉しいのは午後番の彼女とのコミュニケーションが上手くいっていることです。

仕事のピークは七時半から十時。その間に仕入れ商品のチェック、注文書の記入。九時半に、取り置きの新聞を取りにきます。十時を過ぎると、アシストさんが注文書、前日の売上伝票、その他連絡物の回収やら届け物など、本社とのパイプ役としてもろもろの仕事をしにやってきます。

アシストさんのいる間に、私はトイレ等の私用を済ませます。持ち時間に一度だけのトイレタイムです。トイレに関しては、後の回にひと言。金曜日と土曜日には十一時過ぎに競馬新聞が届きます。その配置場所もつくらねばなりません。

そうこうしている間に、前日の売上金の回収に警備会社から警備員二名がやってきます。前後して、飲料屋のおっさんがガラガラと音を立てながら、台車に山積みの飲料をのせてきます。今の時期、水物の売上は冬場の二倍から三倍でしょうか。実によく売れます。何度補充しても間に合わないくらいです。

何しろ小さい冷蔵庫一つでの商売、あっ、もう十二時。きょうの売上を計算して売上伝票を書かなければ。十二時十分になれば朝刊を下げて返品に廻し、塵をまとめます。そろそろ午後番の彼女のご出勤です。

「おはようございます」

浜野さんはいつも素敵です。

「おはようございます。とてもよい香りですね」

「えっ、これですか？　息子がまだ小さい頃に、お母さんの匂いだねって。それ以来、この香水をずーっと替えられなかったんです。でも、もう息子もいないし、気分転換に替えてみようかと思っているんですけれど」

「そうですか。それもいいですね」

彼女が受け持つ飲料の自販機の補充が終わるのを待って、私は自分が受け持つ煙草の自販機に再度補充をします。月水金は、注文書を書くために在庫を確認し、彼女に業務を引き継ぎ、売店を後にします。

これからの自由時間、さて、きょうはどうしようか。四時からのバイトまで約三時間あります。

続く。くろ

黒ちゃん、「続き」を楽しみにしています。でも、疲れていない時にゆっくり、ゆっくりね。心配になっちゃうから。

ゆき絵

某月某日

「売店日記」第二回。

売店は本来の業務のほかに、道案内という仕事もあります。

「トイレはどこですか？」

「証明写真のボックスはありますか？」

「出口の方向は？」

「東京へ行くには、どこで乗り換えるんですか？」

駅構内のことだけでなく、近くの名所旧跡、病院や学校、店の所在まで、売店にいるとなんでも聞かれます。業務開始が五月からだったので、陽気のよいのも手伝って連日駅の周辺を歩いてみました。その後いろいろあって、半年ほど前から「鍼灸の診療所」に週一で通うようになりました。

それというのも、二月の終わりか三月のはじめのまだ寒い頃、そろそろ朝番の仕事も終わり、午後番の浜野さんも出勤してきて自販機の補充をしていた時のことです。売店に一人の客が立ち寄りました。品物を渡し、つり銭を渡そうと顔を上げたとたん、私は息が詰まりました。彼女だ。名前が出てきません。

誰だ、誰だ。そうだ！

「沢木さーん」

券売機の前に立っている彼女の肩を、トントンと叩きました。

「お久しぶり」

彼女は以前勤めていた会社の同僚、いや、部署が違うので社員食堂で顔を合わせて挨拶を交わす程度の知り合いでした。

彼女は会社のマドンナ的存在で、いつも話題に上っていました。私も美しい人だとは思っていました。ただ、それだけの縁です。それが、こんなところで再会できるとは。会社が倒産し、同じ憂き目を見た者同士、懐かしくて声をかけてしまったのです。彼女もどこかにそんな思いがあったのか、次の土曜日に会う約束をしてくれました。

前の職場は、港区芝の東京タワーのすぐ前にあるビルに入っていました。私はいつもＪＲ浜松町駅から芝の増上寺を抜けて、ビルの通用口に向かいました。会社の名は、フジナオといいます。この頃、彼女の乗る渋谷〜東京タワー間のバスが、ちょうど通用口の前で右にハンドルを切り、東京タワーの横手の駐車場へと入っていきます。運がいいと、バスの窓越しに彼女の凛とした横顔を見ることができました。

約束の日は朝から冷たい雨。彼女は、一時少し前に売店に来てくれました。浜野さんに冷やかされながら、二人で地上の喫茶店へ。彼女との会話は筆談でした。会社が駄目になる少し前から、彼女は耳に異常をきたしていたのです。

「耳がよく聞こえないので、人の話を聞き取ろうとして神経を耳に集中するの。そうすると、その緊張とストレスで肩も首も痛くなるのよ」

と言います。

また、彼女は、久しぶりに人と会った、と嬉しそうに話してくれました。私

はもう少し一緒にいたかったので、

「食事もどうですか？　横浜ならいいところを知っています。これから行きましょう」

と誘ってみました。すると彼女は、昨年暮れに手術を受けたこと、とても疲れやすいこと、時間的に中途半端なことなどをあげ、また売店に立ち寄るからと言って帰って行きました。

彼女と別れてから、私は浜野さんの言っていた診療所のことを思い出しました。浜野さんは、数日前から風邪を引いて近くの病院に通っていましたが、そこで、

「鍼灸のとても上手な診療所がある」

という話を聞いたようです。

「黒井さん、肩が痛いならいらっしゃれば？　とてもお上手らしいわよ」

そう聞いた時は、自分が行くことになるとは予想もしませんでした。私は沢木さんにどうだろうかと考えました。売店に戻って浜野さんに場所を確認し、行ってみました。

しかし、土曜日の午後、診療所は閉っていた、数日後、再び診療所を訪ねる。

続く。くろ

※今後の展開のご希望、登場人物へのご意見ご感想がありましたら、どんどんお寄せください。

「売店日記」とても楽しみにしています。

私のことがとっても素敵な人に書いてあるんだもの、今の私を考えると恥ずかしいです。読者一人、ここにいます。

ゆき絵

某月某日

ゆき絵様、きょうは大変な暑さだったそうですが、いかがでしたか。私は地下にいるのでよくわからないのですが、鍼に通う道すがら、それほど暑いとは感じませんでした。なんだかもう夏も終わりって、そんな気がしました。絵手紙の教室や手話講習に励んでおいででしょうか。くれぐれも引きこもりにはならないでくださいね。それでは「売店日記」第三回を送ります。

暑い、実に暑い。今年の夏は異常です。なんて、去年も同じことを言ったような気がしますが……。ところで、ちょっと気になっていることがあります。朝の電車で、いつも一緒になっていた和服の女性を見かけなくなったのです。西大井で賑やかに乗り込んでくる三人連れ。他の二人は次の品川で降りるのですが、その和服の女性は私と同じ新橋で降ります。

数日前、私は進行方向に向かって左側の座席に座っていました。新川崎を少し過ぎた頃、カーッと太陽光線を感じました。それはほんの一分ほどで、電車の進行とともに日射しは遮られました。そして、品川に近づくと再び太陽が戻ってきて、私は《太陽に抱きしめられた》と思いました。もう一年以上も同じ時間帯で通っているのに、初めての体験です。

そして、電車は地下に潜りました。

「もしもし新橋ですよ」

なんと、品川から新橋までの五分間、私は熟睡していたのです。起こしてくれたのは和服の女性でした。その日は土曜日。ふだんは横須賀線の長いエスカレーターを足早に上がると、改札脇の時計は五時四十九分。銀座線には五時五十一分に乗りたいのですが、ここで四十九分を過ぎていれば、もう諦めて八分後のに乗ります。

しかし、土曜日は銀座線が五十二分発になるのです。この一分の差の大きいこと。エスカレーターをかけ上がらなくていいのです。エスカレーターが改札のある階に着くまでの間に、和服の彼女は、新橋の三井アーバンホテルの和食の店にはいること、一番電車でも時間ギリギリなので、家から制服である和服を着てくることなどを話してくれました。

その日を境に、もう一週間近く彼女を見かけないのです。西大井からの二人の連れも、そのわけを知らないようです。遠耳にも、二人が彼女を案じている言葉が聞こえました。本当に、どうしたのでしょうか。もしかしたら、夏休みかもしれませんが……。

沢木さんと別れてから、再び会ったのはいつだったたか。週に何度かちょっとした仕事に出かけるという彼女は、その折りに売店へ顔を出してくれます。二回目に彼女の顔を見た後、私は診療所に行ってみました。

診療所は、とある薬局の地下にあり、階段を降りて扉をあけると、若い茶髪のお兄さんと中年の小柄な男性が座っていました。来意を告げると、中年のほうが愛想よく症状を聞いてくれました。

「いやまあ、肩とか腰とか、取りたててどうということもないのですが、痛いかな？　とてもお上手だそうですが」

「紹介者は？」

浜野さんの名をあげると、

「いや、知りませんね」

知らないはずです、彼女もきたことはないのですから。とりあえず空いている日に予約を入れました。

彼は本当に名人なのでしょうか。沢木さん、まず私が実験台になります。もし、よかったらあなたに勧めます。最初の治療は、初体験の私のためにかなり手加減してくれたようでした。それでも鍼は緊張します。肩に力が入っているのが、自分でもわかりました。

お灸は子供の頃に、母がもぐさを捻って線香で火を点けているのを見たことがあります。母が健康によいからと、私にもやってくれました。お仕置きとかではなかったと思います。熱いことは熱いのですが、それも気持ち良いのです。熱くて痛いのに、不思議な気持ち良さです。翌日、浜野さんにさっそく聞かれました。

「お鍼、どうでした？」

「よかったですよ。お鍼とお灸で、たっぷり五十分ほど」

「あら、私の行っているところなんて、ほんの十五分ですのよ。全然もの足りないわ」

一ヶ月後、浜野さんも診療所通いを始めました。

昨年この仕事についたばかりの頃、私は左足の脹ら脛から足首にかけて腫れ上がり、歩くのはおろか立っているのも辛い時期がありました。

自宅近くの整形外科で静脈炎との診断を受け、抗生物質と湿布薬をもらいましたが、一～二週間で良くなるはずが一ヶ月経っても治りません。腫れも痛みも一向に軽減せず、医師も困って内臓に原因があるのではと、大学病院に紹介状を書いてくれました。

売店を休んで精密検査を受けましたが、何の異常も発見されず、結局は何もわかりません。しばらく様子を見ようということになり、そのうちに少しずつ腫れも痛みも引いていきました。診療所の木村先生は、すぐにその原因を指摘されました。

「腰からきています。治してあげますよ」

その時、私は一番聞きたかったことを、やっと口にしました。

「私の知り合いで、耳の不自由な方がいます。鍼で効果がありますか」

「相性もあるのですべてとは言えませんけど、良くなった人もいます」

ぜひ、彼女に勧めてみようと思いました。

今朝、何日ぶりかで和服の彼女が乗ってきました。賑やかな二人がいないということは、きょうは土曜日。

「どうなさっていたのですか」

「お店を改装してまして、それが長引いてやっときょうオープンなんです」

よかった。彼女は元気だったのです。元気が一番。これは、沢木ゆき絵さんの口癖です。

「一度行きます、お店へ」

彼女を連れて行こう。

「ぜひどうぞ。土曜日はずっといますから」

続く。くろ

黒ちゃん、こんばんは。お疲れ様でした。

きょうもあまり暑くなかったね。涼しい風が入ってきています。七月の猛暑を考えたら嘘みたい！　こんな感じで八月も過ぎていくのでしょうか。私は助かるよ、本当に。

第三回、楽しく読みました。私ね、黒ちゃんからＦＡＸいただいて、楽しく読んで、私もまた心のうちを書いてＦＡＸ送って、それで最近心が落ち着いてきたような気がします。不安で胸がざわざわして、どうしようもないってことがなくなってきたみたい。感謝。

三井アーバンの和食のお店って、地下の「むなかた」でしょう。平成のはじめの頃、何回か行ったことがあります。それにフジナオにいる時、よく「むなかた」でレジの募集をしていたので、電話して面接に行ってみようかなと思ったこともあるの。きのうの西大井からの……で思い出したというわけです。

黒ちゃん、「続き」を楽しみにしています。でも、本当に疲れていない時に
ゆっくり、ゆっくりね。
おやすみ！　ゆき絵

某月某日
ゆき絵さま、こんばんは。そうです、お店の名前は「むなかた」でした。いい感じに涼しくなりましたね。今生まれて成長中の台風が経過するまでは、夏もひと休みのようですね。ありがたい、ありがたい。それでは「売店日記」第四回。

沢木さんが、木村氏の治療を受けることになりました。しつこい勧誘の末、ついにお鍼教団へ入信したのです。彼女から劇的な回復の報を聞けることを切に願い、そして待ちました。

「黒井さん、あまり先生のところ宣伝しないでください。予約がちっとも入らないわ」

浜野さん、またわがまま言って。ほかの患者さんがいるといやだとか、おじさんの後はシーツを取り替えてとか言うんだから。

「この私を断ったのよ。随分じゃない？　あんな診療所、潰してやる」

「ところで、木村先生って本当に名人ですかね」

先生の腕の良さは、カーテン越しの他の患者との会話からも察せられます。それならば、ありとあらゆるツボを刺激し、体を回復させる神経を総動員させて彼女の耳を治してやって欲しい。あなたならできるでしょう。頼みますよ、先生！　木村先生！

ある日、私の帰った後に沢木さんが売店に立ち寄り、浜野さんに話したという。

「先生を信頼できるし、もう少し続けてみます」

「彼女、お元気でしたわよ。お話もちゃんとできたし、お耳良くなったんですね。良かったですね」

私と沢木さんとの連絡は電話ではなく、インターネットでもなく、ＦＡＸの交換で行っています。ひと時代前の文通のようなものでしょうか。彼女は実に美しい文字を書きます。美しいだけでなく、非常に明瞭なタッチのよい文章だと思います。

彼女は一人暮しなので、どんな内容のＦＡＸでも、時間に関係なく送付することができますが、私には家族がいます。彼女は、そのことをとても尊重してくれています。そして、苦慮しているのがよくわかります。

絵手紙の教室に通っていると聞いていたので、最初は絵日記のようなものを想像していましたが、実際に会話しているような文章を書いてきます。それを読むと、彼女が身近にいるような感覚に陥ってしまうほどです。
私は、彼女の心に響く吟遊詩人のような文章を書こうと悪戦苦闘しています。回を重ねるごとに、自分の悪筆と漢字を知らないことに嫌気がさし、ついに叩きました、パソコンのキーボード。

前の会社が倒産し、売店の販売員になるまでの間、職安（ハローワーク）のお世話になりました。雇用対策事業の一つである、再就職のための職業訓練。その職業訓練コースの中のOA簿記の教室に申し込みました。厳正なる選考の結果、私は横浜の高島町にある専門学校の生徒になりました。そのときに購入したパソコンです。

教室は老若男女入り交じり、考え方も生き方も生活水準も環境も違う人間の集まりでしたが、皆に共通していたのは、職にあぶれてしまったけれど、この間に自分のスキルアップを目指そうという向上心。全員が、卒業間際のワープロ検定と、簿記の三級ないし二級の資格取得に意欲を燃やしていました。教師陣も、その意図をくんだ立派な方々でした。

私も当初はそのつもりで頑張りました。頑張ってはみましたが、落ちこぼれてしまいました。そして残ったのが、このパソコンです。もう一つ、教室からほど近い、日産のビルの上階にあるクラブで寛ぐ楽しみも覚えました。クラスメートの中村氏が連れて行ってくれたのです。

ここからの眺望はなかなかのものです。晴れていれば遠く新宿の高層ビル街まで見晴らせます。夜も悪くはありませんが、横浜みなとみらいの夜景は見えません。隣室からはそれが望めますが、そちらは会員制の個室になっていて、パーティ等に使用していることが多く、入室できないのが残念です。

沢木さんを連れてきたかったのは、ここなのです。年配の品の良いフロントがいつも静かに微笑んで、会員云々の身分証明なしに案内してくれます。

二人の交換ＦＡＸはかなりの量になりました。私は彼女への文面をパソコンに保存していません。プリントアウトしてＦＡＸ送信した紙面と、彼女からの返信を日づけごとに保管しているだけです。

私のパソコンは、漢字変換用のワープロ代わりの働きしかしていません。中村氏には愚の骨頂と笑われるでしょう。もちろん、ブラインドタッチなんてできやしません。

続く。くろ

某月某日

「売店日記」第五回。

今年二月末、私に新人研修をやってくれという話がきました。まだ販売員になって一年足らずの私がですか？　他にベテランさんが大勢いるというのに、なぜ？　とてもできません。私は特に優秀でもないし……、いまだに売上金の計算を間違えて、訂正された伝票を戻される販売員の落ちこぼれです。

「浜野さんなら、いざ知らず」

「もちろん、浜野さんにもみてもらいます」

四月の埼玉高速鉄道の開通に伴って新規の売店を委託されることになり、その販売員を募集したところ、五名の新規採用が決まったといいます。その人たちをここに集めて、ホーム内二売店とホーム外一売店で研修するのだそうです。取りたてて癖のない販売員のところを選んだというところでしょうか。

五名のはずが、初日に一人抜け次の日に一人抜けて（売店に顔合わせにきた時点で嫌気がさしたのか）、結局、研修を受けるのは三人に減っていました。

私の下には、若い順子がやってきました。浜野さんのほうには、最初から誰も顔を出しませんでした。それにしても、何をどう教えたらいいのでしょうか。

私が教わったようにと言われても、けっこういい加減にやってきたからなあ。

「事務的なことは伝えましたから、後は自分で覚えてください。あなたのやりやすいようにしてください」

はなはだ頼りない先生で、質問されるたびに冷や汗ものでした。

順子は飲み込みが早く、接客にも慣れていると言っていただけに、すぐにひとり立ちしてしまいました。私の行き届かないところは、浜野さんがよくフォローして何とか研修は終わり、順子は埼玉高速鉄道沿線の売店に勤務するようになりました。

そうそう忘れていました。売店運営で皆が一番目の色を変えて取り組むのが、毎月末に行う棚卸しです。

売店にある品物一切合財、品種ごとに数を数え、所定の用紙に記入したものを、アシストさんが会社に届けます。その結果のプラス、マイナスによって報奨金がもらえたり、差し引かれたり、あるいは自腹を切ったりとなるわけです。自販機の売上は煙草が私、飲料は浜野さんの持ち分。最初の二、三ヶ月、私はマイナス、浜野さんはプラスの連続でした。

「黒井さん、苦い思いばっかりね」

「いいんです。あなたに迷惑がかからなければ。ハハハハ……」

ここ半年は、いい調子できています。棚卸しは、二人の楽しい共同作業です。値段と数を読み上げる声にも張りが出るというものです。あまり調子づいてやると、カラオケ帰りのような声になってしまいます。特に、ここは空気がよくありませんから。

ああ、またその棚卸しの時期がやってきます。一ヶ月経つのが実に早い。ところで、先月はプラス？　それともマイナス？　二十五日過ぎにならないと結果の報告がきません。この仕事をしていると、一年経つのも、十年経つのも、百年経つのも、あっという間ではないかという気がします。

「ああ、温泉に行きたいですね、浜野さん」

というわけで、温泉に行くことになりました。

「組合の保養所があるじゃないですか。格安でけっこういいそうですよ」

アシストさんに頼んで、パンフレットを届けてもらいました。

「那須高原と熱海がありますね。申し込みが多いと抽選ですって。それぞれの名前で二箇所申し込みましょう。両方あたったら一つキャンセルすればいいし」

「五月の連休に行きますか。順子も呼びましょう」

「三ヶ月前に申し込みですね。五月の連休はもう間に合わないでしょう。でも、連休でないと無理ですよね。次は九月十五、十六日の連休ですが」

「もっと早く、どこかの土日で行きましょう。私、土曜日休みます」

と浜野さん。が、会社の保養所へ、仕事を休んで行くわけにはいきません。

「箱根に主人の会社の保養所があるんです。ここ、温泉だけはいいのよ」

「箱根はこれからアジサイですね。六月十六か二十三の土曜日」

「新宿に行って聞いてくるわ。ロマンスカーで行きます？」

横浜に住む私は、いつも東海道線を利用して箱根へ行っていましたから、今度はぜひロマンスカーに乗りたいと思いました。

「バスもあるのよ。バスだと新宿から一本で行けるし、安いんですって」

「どっちでもＯＫです。でも、バスは渋滞大丈夫ですかね。箱根は車で行くと、いつもすごい渋滞ですよ」

浜野さんが木村氏の治療を受けるようになってから、木村氏は診療所での仕事が終わると売店にきて夕刊を買い、世間話をしていくようになりました。

「先生がいらっしゃるのはいいんだけれど、ここのエロ本の題名を端から読み上げていらっしゃるのよ。そして『こんなもの仕入れて』って。『やめて、私たちが注文するわけじゃないのよ』って言うんだけど。ストーカーも困るけど、先生も困りもんよ」

その木村氏も、旅行に参加することになりました。出発は、六月三十日（土）の棚卸しの後です。

箱根のアジサイは、山のことで麓より二、三週間遅れて開花します。見頃は六月下旬から七月のはじめだそうです。当日、浜野さんは早退することにしました。責任上、棚卸しだけはやり、どうしても外せない用がある、ということで。そのほうが会社の心証もいいだろう、というアシストさんからのアドバイスを受け入れることにしたのです。

六月三十日は早めに棚卸しを済ませ、順子も埼玉から同じく棚卸しを済ませて駆けつけることに決まりました。それまでの日々は、まさしく遠足の日を待ちわびる子供のようでした。浜野さんは、さっそく法事を理由に早退願いを提出しました。旅行の前日、私は気持ちの浮き立つ思いで仕事をしながら、あしたは箱根、あしたは温泉と呟いていました。

当日は、箱根湯本までロマンスカーで行き、そこから箱根登山鉄道で強羅へ。強羅から早雲山までケーブルカーで行き、ロープウェイに乗り継いで姥子温泉へ。しかし、新宿を出る時点で、ロープウェイの最終に間に合わないのはわかっていました。

できることなら、二時には新宿を出発したかった。いや、二時半でも間に合いました。しかし、順子は無理でしょう。何しろ、埼玉から駆けつけるのですから。午後番には内緒だろうし、一つしくじったらアウトです。

結局、三時発のロマンスカーに決め、順子はぎりぎり間に合いました。木村氏も最後の患者が長尻で、と発車間際の到着。

やはり、ロープウェイの最終五時には間に合いませんでした。仕方なく、早雲山からはタクシーで姥子に向かいました。もともと雨模様だったのが、ケーブルカーを降りてタクシーに乗り込む間に、大雨になってしまいました。しかも風にあおられて、まるで台風のようです。

あしたは芦ノ湖から箱根の関所、できればガラスの森や湿生花園にも行きたいのに。誰だ！　雨男、雨女は！

楽しく食事を済ませ、温泉に行くと浜野さんが不満をもらしました。以前と泉質が違うというのです。その日、宿は女性客が多かったので広い男湯と狭い女湯（乙女の湯）とを入れ替えていました。きっと、ここは女湯のほうが泉質が良いのだと言い張ります。

「フロントに聞いたわ。本来の女湯のほうは、源泉からの距離が男湯に比べて短いんですって」

お湯の色はもっと乳色をしているはずだし、違う違うと浜野さんはしきりに残念がっていました。

「仕方がありません。楽しみにしていた温泉です。どうぞこちらの男湯にもお入りください。お姫様、私がここで見張っています」

私はそう申し出ましたが、彼女はそこまではしたくなかったようです。彼女に心ゆくまで温泉を満喫してもらいたい私としては、少し心残りでした。浴室の前で、浜野さんと一緒に男湯の「乙女の湯」を覗き込みながら、私はあの日のことを思い出していました。

お互いに遊びだと割り切った上での過ち。ある女性と一緒に、箱根にきた時のことを。

「小田原からバスが便利です。仙石原の俵石というバス停で下りて、少し戻ってください」

彼女が旅行情報誌で見つけた、料理と温泉が売りの小さい宿も、ここの近くではなかったか。バスは渋滞に巻き込まれ、湯元から小涌谷まで二時間もかかってしまいました。宿についたのは七時を過ぎていたでしょうか。

「お食事の支度ができるまで、お風呂をどうぞ。他のお客様は皆お食事中ですから」

宿の主人に促され、せっかく来たのだから一緒に入ろう。誰も来ないよ。あの時の湯もここと同じ乳白色でした。誰も来ないつもりが数人の足音を耳にし、慌てて浴衣を引っかけたものの、彼女は濡れた髪の始末や下着の始末に手間取っていました。

その間、私は浴室の前で男たちを止めていたのです。思い出しながら苦笑してしまいました。あの時もきょうも、妻には会社の慰安旅行だと言ってきました。売店の販売員と、大勢で来ていることになっています。何度かちゃんと話そうと思いながら、言いそびれてしまいました。何も後ろめたいことはないのに。木村氏は？　浜野さんは？　順子は？　なんと言ってきたのでしょうか。
彼女と泊まったのは、二月十四日のバレンタインデーでした。暖冬のはずが、
翌朝目覚めると雪景色。しかも、吹雪いていました。路線バスは動きません。
足のない私たちは連泊の覚悟を決めました。すると、昨夜風呂場であった連中
が強羅まで送ってやると言い出したのです。
「彼女の裸を見せてもらったお礼だ」
と。どじな私に同情してくれたのでしょうか。
雪景色の箱根は実に綺麗で、墨絵のようでした。
今回の箱根は、この雨。あしたはどうなるのだろうと心配しましたが、翌日
は晴天。清く正しい旅には、天気も味方するようです。　　　　続く。くろ
いよいよ佳境に入ってきた「売店日記」。

ゆき絵ちゃん、実はこの後どう展開させていいのかわかりません。行き詰まっています。

箱根旅行は本当に楽しみにして待ちましたし、実際、楽しい旅行になりました。その思いは、日記に著しきれません。ですから日記の前に、私の気持ちをこと細かにゆき絵ちゃんにＦＡＸしました。


ゆき絵ちゃん、気の合う人たちと旅をするって、こんなに楽しいものでしょうか。一人二万円ずつひとつの財布に入れて、一番若い順子に幹事を押しつけ、全部それで賄うのです。先生はギャンブル狂でテレビオタク、お酒は下戸、神経質で計画魔、とても陽気で、お茶目で可愛い親父坊やでした。

浜野さんは、もう何度も来ている温泉宿です。彼女は乙女の湯にこだわり続けましたが、それも叶わないまま、なんと四回もお湯に入っていました。普通、湯疲れしますよね。翌朝、早く目の覚めた私は、朝風呂の浴槽に浸かりながらふと思いました。彼女はなんとかして乙女の湯に入りたいと思い、何度も機会をうかがっていたのではないでしょうか。

私は浴衣を羽織り、男湯（乙女の湯）の前で中をうかがいました。履物が一足。おっさんが一人、お湯から上がって扇風機の前に座っていました。

「もしもし、お一人ですか」

声をかけると、おっさんは怪訝な顔。

「私、入ります」

そのまま浴室に入ってシャワーのフックに浴衣をかけ、湯船に浸かりました。お湯の透明度はあまり変わりません。体は透けて見えます。しかし！　湯船の底が違いました。石のごつごつした足触りがあったのに、ここはぬるっとして滑りそうです。ああよかった。これでいい。女湯に戻ると、浜野さんが五回目の入浴を終えてきたところでした。

男湯での一件を話すと、彼女は喜んで、

「ね、違うでしょ」

かといって、自分は行こうとはしません。私が事を遂げたのに満足したようでした。以上、箱根姥子温泉での出来事です。

娯楽室では卓球をしたり、ゲームもしました。私はほとんど見ているだけでしたが。そして、浜野さんがこだわった男湯（乙女の湯）にも入ってみました。本当に充実した楽しい二日間でした。

先生とは横浜で別れ、女三人でお茶をしました。三人三様、それぞれに人生模様があるわけで、ゆき絵ちゃんがよく口にする「縁」という言葉、あらためて感じました。次回の計画には、ゆき絵ちゃんも参加しませんか。

今回も「誘いましょうよ」と浜野さんが言いますし、私もそう思ったのですが、先生の件もあって言い出せませんでした。もしよかったら考えてください。

くろ

ＦＡＸありがとう。

私も同じようなコースを、二十年前に元夫と行ったことがあります。カメラは壊れるし、台風はくるしで散々な目にあいました。将来を暗示していたのかしら。

今回の一泊旅行、とっても楽しかったようですね。旅は家族で行くのもいいでしょうけれど、気の合った友人たち（それも小人数で）と一緒なのが一番でしょう。気がねのない会話、それぞれの昔話、自分で用意しなくてもいいお食事、温泉、エトセトラ。こんなふうに非日常を友だちと過ごすのはとても楽しいことですし、ストレスも発散できますもの。

お風呂に入って、卓球をして、テレビを見て……。温泉旅行の清く正しいあり方です。私もご一緒させていただきたいけれど、体調（特に耳）が一定しなくて、お約束ができないんじゃないかとがっかりします。

耳の具合が悪くなると、ジェット難聴のようになり、すごい大きな耳鳴りがして、辛くて泣いてしまいます。非日常に入り込めば、逆に良い方向へいくと思うんですけど、不安でなかなか人とお約束ができない。必然的に、どこへも外出する機会がなくなってしまうわけです。

私も、楽しい仲間たちと楽しい時間を共有したい！

でも皆さん、きょうも朝からお仕事だったんでしょう。お疲れ様でした。元気がイチバン！

ゆき絵

七月四日
ゆき絵様、きょうはとても暑い日でしたが、体調いかがですか。先日はつい嬉しくて、年甲斐もなくはしゃぎ過ぎ、反省しています。思いついたときにやらないで、いつも機を逃して後悔するので、箱根から帰り着いてすぐ誤字、乱文のままFAXしてしまいました。
ゆき絵ちゃんに悪いくらい、私、今とても元気です。
くろ

七月七日
はしゃぎ過ぎてもいいじゃありませんか。
受けた感動をそのままにしておいたら、少しずつ色あせていってしまいます。楽しくて嬉しくて、とっても感動したら、これを誰かに聞いてもらいたい、一緒に喜んでもらいたい、楽しかったことを共有したい、と思うのは清く正しい心のあり方です。

私にもそれが伝わって感動エトセトラ。感動は年に関係なく湧き上がってくるものよ。年甲斐もなくなんて言わないでーっ！

キヨスクでのお仕事、日々たくさんの人たちとの出会いがあるから楽しいだろうなといつも思っています。私もできることなら働きたいわ。書きたいことはいっぱいあるけれど、今度またお会いできる日のために残しておきます。やはり、顔を見てのおしゃべりが楽しいもの。

ＰＳ　今これをどういうふうに送信するか考えています。ＦＡＸ、いつも楽しみ。ありがとう。

ゆき絵

七月八日
ゆき絵ちゃんの文章って、とても美しいと感心しています。文字も綺麗だけれど洗練されていてわかりやすいです。

そのような仕事に携わっていたのですか。人生相談の回答者とか。あなたの九段下での仕事って、大した仕事ではなかったって本当ですか？　昔の仕事仲間がお義理で廻してくれた、誰にでもできる仕事？

そうとは思えません。高度な知識と知性を要するものだったに違いない。そうでしょう、ゆき絵ちゃん、あなたはとても素敵です。フジナオの頃から、私は一目置いていました。ゆき絵ちゃんの耳が良くなって元気になり、いつまでも友達として付き合えたら嬉しいです。

ＦＡＸの心遣い、ありがたいです。私は、夜八時過ぎにはいつも家にいます。主人は、たいてい十時頃には寝てしまいます。娘と息子は、尋常な時間にいたためしはないのですが、思いがけない時に休みだったりします。

くろ

某月某日

「売店日記」第六回。

鼠がいます。近くのパン屋では、倉庫に置いてあった女の子の靴がかじられたといいます。

「駅員さんが子犬を追い駆けているのよね。あら可愛いと思ったら、鼠だったの。このくらいあったわよ」

と、目の前で手を広げる浜野さん。

「浜野さん、それ三十センチはありますよ」

「本当に大きいんだから」

保土ケ谷駅から乗り込む朝の一番電車の仲間に売店勤務の人がいて、売店勤務のノウハウをいつも拝聴しています。浜野さんに聞いた翌日、さっそくこの件でもアドバイスをいただきました。

ところで、ひとつお断りをしておきます。駅の売店というと、皆さんはキヨスクとおっしゃいますが、実はＪＲ、私鉄、それぞれに名称があるのです。ご存じでしたか？　キヨスクはＪＲ、営団地下鉄はメトロス、東急はトークス、他にもあるのでしょうが、私もこの三つだけ知りました。

ちなみに私のいる売店は、営団地下鉄のメトロス。で、私が教えを請うたのはトークスの方です。

「鼠？　あれは困ったもんだよ。店に入ってこないようにしなきゃ。お菓子なんてかじられた日にゃ、それは大変だよ。外側はわからないようにして、中身全部やられているよ。お客さんに知れたら大変。すぐに罠をかけな」

罠にもいろいろあるけれど、粘着シートと餌がセットになっているものが一番いいとのことでした。

昔は針金でできた籠の中に餌を仕掛け、運悪く罠にはまった鼠は家の裏手の側溝に籠ごとつけて溺死させたものです。また、弱り果てた鼠を見たこともあります。うずくまって口から、ほっ、ほっと青い炎を出していました。

「あれは、猫いらずを飲んだんだよ。燐が入っているからね、火を吹くのよ」

母親か、近所のおばさんが教えてくれました。

罠を仕掛けて、仕留めた鼠の始末は私の仕事になるのでしょうか。翌朝、ついに私も見てしまいました。出勤して売店の扉の鍵穴に鍵を差し込み、ふとかたわらの自販機の下を覗くと、いました、小さいのが一匹。いよいよ決行です。

「鼠がいるね、落とし物をしているよ」

駅の掃除のおじさん、ありがとうございます。売店のまわりまで掃除していただいて。罠をかけようと思っていることを話すと、

「うん、毎日一匹ずつとれるよ。びっくりするくらい、くっ付くからね。もが

けばもがくほど、くっ付いて腰をやられてキーキー鳴いているよ」

それで、どうするのだろう。

「うん、新聞紙に包んでゴミ袋に入れればいいよ」

げー、可愛い目をしてキーキー鳴いて生きているのを……。もう、気持ちが萎えてしまって、できそうもありません。腰をやられて、鍼を打たれている鼠の私が目に浮かびます。

「なんなら、裏において置けば片づけてやるよ」

おじさんもキーキー鳴く声が暫く耳に残り、眠れなかったそうです。

「いやぁ、汚い」

翌日、戸口で浜野さんの声がしました。私が鼠の落とし物を踏み付けていたのです。売店の出入り口は、駅のコンピューター室の壁との間四、五十センチくらいの隙間なので、足元が暗くて気づきませんでした。レア物だったため、ねっちりと踏みにじられ、黒く汚れていました。

原形をとどめている物には、大きめの風邪薬のカプセルほどのものもありました。私はおじさんに聞いた話をしました。

「そんな可哀相なこと、絶対にできない！」

浜野さんがそう言うので、

「そうですね、いよいよの時は会社に頼んで、鼠返しでも付けてもらいましょうか」

と、とりあえずは手を下さないことに決めたのですが、会社が何かやってくれるのを待っていたら、いつになることやら。

ええ、私が浜野さんの帰った後に来て罠を仕掛け、そして、浜野さんの来る前に始末します。私があなたを護ります。鼠からも、ストーカーからも。

意を決した途端、鼠の影が消えました。どこかで聞いていたのでしょうか。

多分、近くのパン屋のほうで私たち以上に危機感を募らせ、何らかの手を打ったのだと思います。いや、助かりました。

続く。くろ

七月十六日

こんばんは、くろです。この猛暑の中、いかがお過ごしでしょうか。私は元気なのですが、きょうの暑さには、さすがに参りました。

アフターお鍼のお楽しみにお台場へ行こうと思っていたのですが、断念しました。だって、もう売店で汗だくになっていましたから。ああ、シャワーを浴びたい。診療所はクーラーを強くしてくださって汗もおさまり、お灸がとても気持ち良かったです。

ゆき絵ちゃん、涼風がたってきたらお台場へ行きましょう。静かでよいところを、私は知っているのです。涼しくなるまで、忍の一字で耐えましょうね。

それでは、私の独断と偏見で選んだお台場スポットを紹介します。

お台場へは、ゆりかもめで行くのが一般的ですが（彼とマイカーで行くのが、もっと一般的なのかしらね）、私はバスで行くのも好きです。浜松町からバスが出ているんですよね。

フジナオの頃、よく帰りに行きました。ゆき絵ちゃんも行きました？ 湾岸食堂の光り輝く三角のビルを右に見ていると、やがてレインボーブリッジが現れてきます。この頃からサンセットが始まれば最高です。パレットタウンの観覧車を中心に、遊園地のライトアップが夜色の中に浮かび上がってきます。それが、わくわくするほど美しい。

お台場海浜公園で下車し、コンビニでビールとつまみを買って海岸へ。横浜のほうを向いて座り込み、ビールを飲みます。屋形船の明かりが綺麗。

ずっと離れて潮風公園。ここはバーベキューができるアウトドア施設になっていて、どこかのグループの上げる花火も見えます。歓声も聞こえますが、うるさくはありません。夜のお台場は、とにかくいいよ。

でも、昼間のテレコムセンターの、ひと気のない近未来的な庭も好き。それから有明テニスの森公園。真夏のウイークデーの昼間のテニスコート（試合のない時）は本当に静かです。ほとんど使っていないけれど、それでもどこかでボールを打つ音が聞こえます。

道路を横切って有明スポーツセンター。ここは飛行船形の体育館で、バスケットの練習とか、何かをやっている時は暫くそれを見ます。もしも誰もいなくて、鍵も開いていたら、体育館の真ん中の床に座ってみます。汗の染み込んだ床に座っていると、そのうち匂いに耐えられなくなってきます。

そしたら、そのフロアーにあるレストランに入りましょう。ここの人たちは、いつまでもゆっくりさせてくれます。レストランを出たら、首都高速11号台場線に沿ってパレットタウン・ヴィーナスフォートのほうへ歩きます。

途中、橋を渡るのですが、ここはいつも風が強いんです。高層ビル街とか、たいてい風が強いですよね。「ＭＭ21」もそうです。ビル風って言うんでしょうか。強い風の中を一人で歩いていると、寂しい気分になります。体の中を風が吹く橋を渡りきると、広いバス発着所。

その向こうがヴィーナスフォートショッピング街と遊園地、それからトヨタのクラシックカー等が展示してあるメガウェブです。試乗もできるので、興味があればここもいいかも。でも、私はたいていここから品川行きのバスに乗って帰っちゃいます。

こんなところですが、マイナーな案内人でよければご一緒します。長くなってごめんなさい。では、おやすみなさい。

くろ

黒ちゃん、きょうもお疲れ様でした。本当に、毎日暑いとしか言えませんね。きょう、鍼に行ってきました。首筋のマッサージも肩甲骨のマッサージも、本当にピタッとつぼにはまって、とても気持ち良かったですよ。鍼は先生以外には、やっぱり打って欲しくないなー。あちこち、つぼを探している様子を感じるのって、大丈夫かしらと緊張、不安。黒ちゃん、経験ある？

早く夏が過ぎてくれるといいのにね。お台場、静かなところ、楽しみにしています。連れてって！

ゆき絵

七月十九日
ゆき絵ちゃん、こんばんは。

そうなんです、私もあのソフトタッチならぬタメライタッチ、しっかり頼むぞと心で叫んでいます。名人の木村先生と、片や修業中の助手の先生。資格はお持ちでしょうけれど、木村先生が私の治療の途中で、

「じゃあ、先生お願いします」

と言われ、かけ持ちの他の患者さんのほうへ行ってしまうと、ああ、先生行かないでと、追い縋りたい気分です。毎日の重労働（？）で疲労困憊の体を週一の鍼でなだめています。お鍼は私の贅沢なの。

では「売店日記」第七回。


前に鼠の話をしましたが、事態は何も変わっていませんでした。いるんです、やはり。今朝、見ました。大きな溝鼠、側溝脇の排水穴に逃げ込みました。今、駅ではメインのトイレの大がかりな改修工事をしています。トイレの新装開店

は十月末とか。綺麗なトイレが使えると思うと、楽しみです。

ところで鼠ですが、トイレ工事であっちこっちいじっているため、鼠の巣穴もパニックで逃げ惑っているらしいのです。例のお掃除のおじさん、困っていました。私が鼠と格闘する日も近いかもしれません。

駅のトイレは汚いもの、と相場が決まっていたのは十年前まで。最近は新しい駅ができるに伴い、けっこう綺麗な駅トイレが出現するようになりました。隣の駅のトイレの綺麗なこと。

暫くは、カレーも散らし寿司もけっこうというくらい派手にお祭りしてあると、ちょっと隣の駅まで行こうかと思ったりしますが、トイレ交代は持ち時間内に一回だけ。それも十分で済ませろというのでは無理です。トイレといえば、高田ジュンジの事件を思い出します。

あるバラエティー番組の中で、恥ずかしい話のコーナーというのがあり、その中での話。ある夜半、急にもよおして、どこかの商店街の、とある店の閉まったシャッターの前で野糞をしてしまった、という話です。その時、おしっこも出ちゃって自分の鞄を汚してしまった、というようなことを、あの例の泣き笑いの顔で話していました。

それからは、汚物を見ると高田ジュンジが来たんだなということになります。売店は、出入り口の前に二度も続けてやられました。ちょうど死角なのです。トイレから水を汲んできて掃除しましたが、朝の出鼻を汚物処理でくじかれるのは、いかに高田さんのものでもいやでした。

その後、例のおじさんから、駅には必ずオガクズ箱があって、汚物にはオガクズをかけて処理すると聞きました。臭いも消えて、その後の処理も楽。なるほどなあ。さっそくその時に備えて、売店内にオガクズを準備しました。汚い話で恐縮です。

続く。くろ

今週火曜日は生ゴミの日だったの。

ゴミがいつもより多く出ていて、ふと一番上にあったダンボール箱が目についたわけです。ちょうど玄関の右手に。なんと！　そこに高田ジュンジがあったのです。箱の中に。もうビックリ。チラッと見ただけで、ゴミを出して家に戻ってきました。

でも、どうしても気になって……。確かに、あれは黒ちゃんの話していた高田ジュンジの大でした。見間違いかしら。どうしても気になる私。それから二時間後に確認に行っちゃいました。笑ってください。

でも残念なことに、その箱の中に新たなゴミ袋が入っていて、確認できませんでした。誰がわざわざこんな高いところ（マンションの三階）へ、それも高田の大が入っているゴミ袋を捨てたんでしょう。今も見間違いかどうか気になっている変な私です。ウンがつくといいな！

あしたは手話です。

ゆき絵

七月二十五日

きのう、アフター鍼に好きな男に会いに行きました。彼の名前はジュウド・ロウ。イギリスの舞台俳優です。

最近、最も美しい男優ということでスクリーン雑誌に毎回登場するようになりました。若い頃のアラン・ドロンの甘さと、故ユル・ブリンナーの精悍さと、すでに伝説の人となったジェームス・ディーンの儚さを併せ持っていると私は思っています。

映画『リプリー』で初めて彼を見てから、すっかり虜の私。もう夢中（アホです）。彼の出る映画は全部見ると決めました。といっても、まだ三回。きのうは『ＡＩ』でした。時代設定は未来。愛とか感情とかをインプットされてつくられた、ロボットのお話でした。ゆき絵ちゃんは、テレビはあまり見ないですよね。今、この映画のコマーシャルがよく流れていますよ。

主演は『シックス・センス』の、あの可愛い子役ハーレイ・ジョエル・オスメント君。未来版ピノキオだそうです。切ない愛のお話で、まわりは泣いていました。けれど、ストーリーはいまいちかな。あの映画評論家のオスギさん（実はうちのお客様）は、

「つまんない映画つくったわね。ジュウド・ロウはいいけれど」

と、何かに書いていました。

ところで、私のロウ様の役どころはジゴロのジョー。美しいロウ様が特殊メークのプラスチックの皮膚で光り輝いて……。テクニック抜群のセックスロボットですって。

『リプリー』は、『太陽がいっぱい』のリメイク版。アラン・ドロンが演じた

役ではなくて、大金持ちの息子のほうの役。すっごくかっこよかったぁ。『スターリングラード』では汚い格好で兵士役をしていたのに、それでも可愛くて、すっごく美しかったのです。今回見た『ＡＩ』は、動くマネキン人形といったところ。

コミカルで、やはり美しかった！　男も絶対、綺麗なのがいいよ。きょうはロウ様特集でした。

くろ

八月九日

大手町のバイトが休みだったので、ゆき絵ちゃんの家で二回目の二人だけの飲み会をしました。

いつもの場所で待ち合わせ、スーパーで買い物。紀ノ国屋にするかピーコックにするか迷ったけれど、紀ノ国屋は敷居が高いと意見が一致してピーコックへ。買い物を終えてゆき絵さんの家に向かったところ、私の予想とは方向が逆です。

「こっちからも行けるのよ。この階段を上るとどこへ出るのかしら。今度、こっちを散歩してみようかな」

路地の横手の石段を見上げ、ゆき絵さんが呟きました。おお、私と同じ趣味。

「同好会をつくろうか、知らない道を歩く会の」

私の顔を覗きこんで、

「聞こえなーい」

と、ゆき絵さん。私も笑い返して、

「聞こえなーい」

酒屋に寄ると、また何を買うか迷ってしまいました。きょうはゆき絵さん、調子良さそう。ゆき絵さんの手料理で、酒落た酒の肴がつくられていきます。

「ゆき絵ちゃん、手伝うことは？」

「いいから、そこで飲んでいてください」

「なんだか、恋人の部屋に来ている男の気分なんだけれど」

「私も、男のために料理をつくっている愛人の気分」

前回よりも、もっと立ち入った話をし、しっかり食べて飲んで、そして十時には帰ることにしました。きょうは遅くなっても帰ります。朝食のことまで心配してくれたのに、ごめんね、ゆき絵ちゃん。「売店日記」を始めてから、私はどうも作中の黒井氏に感情移入しちゃってます。

八月十日
黒ちゃん、こんばんは！　きのうは、どうもありがとうございました。遅くなっちゃってごめん。朝出勤、早いんだもん、大変だったでしょう。お疲れ様でした。でも、お陰で楽しい時間を過ごすことができました。

ずっと筆談だったから、それも大変だっただろうと申し訳なく思っています。自分が書くほうだったら気が楽なんだけど、相手の方に書いてもらわなければならないので、負担をかけてしまって……。

また暑くなってきそうですね。早く涼しくなって欲しいよ。そのうち、十番温泉に行ってみようか。私も前を通るばかりで、入ったことはないの。寒くなれば、今度は鍋で一杯だね。

ゆき絵

麻布十番の温泉、ぜひ行きましょう。

以前、ある人にここで踊りのメンバーと忘年会をしたと聞いたことがあります。冬の鍋いいですね。

「クレソンと鴨の鍋」知っていますか。映画『失楽園』の中で、役所広司と黒木瞳が温泉宿でその鍋を食べるシーンがありました。黒木瞳がクレソンを食べる。とても艶っぽくて、うちでも何度かクレソンの鍋をやりました。黒木瞳の食べ方を真似て、少し口の端からスープを滴らせて、陶酔した表情で。ゆき絵ちゃんもやってごらん。早く早く、涼しくなーれ。冬はいいね、鍋、鍋が。

ところで、きのうは楽しかったね。帰りついたらすぐに「今、着いたよ」のFAXを入れようと思いつつ、新橋駅で横須賀線の時刻表を見ると三十分も待たなくてはならなくて。それで、すぐくる東海道線十一時三十六分発の国府津行きで、横浜まで行くことに決めたんです。

横須賀線は、多分出たばかりだと思ったから。新橋〜横浜の所要時間は、東海道線のほうが横須賀線より二分短い。うまくすれば、横浜で先に出た横須賀線に乗り換えられるかもしれない。と思ったのが間違いの元でした。おとなしく新橋で横須賀線を待つべきでした。いいえ、ゆき絵ちゃんのところに泊めてもらえばよかった。

車中は混んでいて、扉にもたれて立ったまま、いつの間にか眠っていました。どのくらい経ったのでしょう、いきなり駅ではないところで停まってしまいました。なんと、前の列車が人身事故を起こして、今現在、遺体収容やら現場検証やらで復旧の目処もつかないとのこと。とにかくそのまま待機。で、何度目かのアナウンスで、一時ごろ発車の予定と聞きました。

時計を見ると十二時三十分、窓の外を横須賀線最終列車の赤いライトが通り過ぎて行きました。電車は一時をしっかり過ぎて、やっと動き出しました。停まっていたのは、横浜のほんの目と鼻の先。

「各JR線、連絡私鉄、すべて運行は終了しております。後のことは駅員にご相談ください」

との放送が入って、すぐ横浜に到着。改札で振り替え輸送料金請求書なる紙切れをもらって出ると、タクシー乗り場は長蛇の列。初めての経験でした。帰り着いたら、もう二時。いつもは三時に目覚ましをセットしますが、三時半にセットして就寝。

きょうは一日《死ぬな》と思ったけれど、大丈夫でした。年をとると、痛みも疲れも遅れて出てくると言いますから、あした死ぬのかな？　くろ

黒ちゃん元気ですか、大変だったね。世の中、思いもかけないことがいっぱいあるんですね。　ゆき絵

某月某日
ゆき絵ちゃん、その節はご心配かけましたが、無事乗り越えました。ゆき絵ちゃん、実は私、尿失禁があるんです。

最初におかしいなと思ったのは二年くらい前、フジナオの終わりの頃でした。五階に診療所があったでしょう。そこに風邪を引いたか、蕁麻疹が出たか、膀胱炎か、とにかくそんな症状のときに何度かお世話になっていたのですが、尿を採るように言われて、試みたのに駄目だったんです。

時間をかけて、何度も試みました。どうしても駄目。それまでは、その体勢をとれば条件反射で出てたのに。なんとも不可解でした。それからです。もう自分の意思が通じなくなったようです。

売店勤務というのは無謀だったかもしれません。保土ケ谷の駅のトイレで用を足して、三十五分で新橋のトイレ。心配で心配で……。でも、あれって精神的なものもあるのでしょうか、勤務中は二時間、三時間たいてい平気なのです。かと思えば、五分後にまたしたくなる。一秒前は何でもないのに、急にしたくなって、我慢ができないのです。

あの建物まで行けば、トイレがあるのに。そこがトイレなのに。そこに便器があるのに。扉を閉めるのが間に合わない。ショーツを下ろすのが、ああ、駄目。下着の着替えと生理用のパットの夜用を詰めていたので、バッグはいつも大きめ。その後、介護用品で良いものを見つけました。これで間に合わなくなったら、オムツですね。

そうなる前に綺麗に死ねないものでしょうか。生きていくってなんなの？　なんの意味があるの？　ゆき絵ちゃんに会わなかったら、きっと私はうつ病かキッチンドリンカー、間違いなかったと思います。

今までは自分が惨めでした。でも、私がゆき絵ちゃんの力になれてる？　フジナオの頃よりいい笑顔しているって？　本当に嬉しいよ。ゆき絵ちゃんの耳も、きっと良くなるよ。冬には良くなって、温泉に行って、鍋をつついてカラオケで歌おうよ。私、カラオケ苦手だけれど、歌いたい気分です。

日曜日に中華料理を食べに行きました。かなり大きめのポットにジャスミン茶が入っていました。それをほとんど一人で空けました。そのせいか、トイレが近くて、食事の後でデパートを梯子したんですが、それこそ十分ごとにトイレを探しました。ちゃんとトイレまで我慢できました。

これは鍼のお陰だと思っています。でも、今は夏場だから、冬になったらまたわかりません。一抹の不安があります。有頂天になってはいけませんね。落とし穴は、あっちこっちにあるのですから。

思えば、忍び寄る老いの影に何度涙したことか。電車の中で、読んでいた本の字が見えなくなった時。ずーっと抜いてきた白髪が、もう抜いても間に合わないと知った時。くしゃみをしただけで、ちびった時。まわりの人が、私より皆若くなった時。

女盛り　過ぎ行く秋に　弛んだ体の匂い（臭いかもしれない私）たつ

下品で失礼しました。

ところで、頓挫している「売店日記」ですが、実は結末を三つ考えています。

一つは、優柔不断な私が浜野さんとの関係に一種の違和感を生じ、他の売店へ移動するという結末。

二つ目は、大きなコンビニができてホーム以外の売店はなくなってしまう、という結末。

三つ目は、私がゆき絵ちゃんと浜野さんの二人の女性の幸せを願いながら、いつまでも見守りつづけるという結末。

どの線で行きましょうか。一つ選択してください。

くろ

こんばんは。お疲れ様でした。

きょうはお日様の顔が見えない分、暑さもしのぎやすかったですね。ちょっぴり涼しい風も吹きこんで、気分も楽。

黒ちゃんからのＦＡＸで私の孤独感がどんなに癒されているか、私がどんなに嬉しく楽しく読んでいるか想像してみてください。あなたに甘えて愚痴やら何やら辛いこと、いっぱい書いてしまいます。

私もフジナオにいた頃、子宮筋腫があって毎月本当に辛かった。生理が始まれば二週間〜二十日くらい続きました。最初の三日間はすごい出血で、昼でも夜用スーパーを二枚重ねていましたが、トイレに行って席に座ればほんの五分も経たないのに、もう駄目。早く生理が終わってくれたら、といつも願っていました。

夜なんて、とても寝ていられませんでした。もう重装備でね、十五分ごとにトイレへ行っていました。年齢を考え、手術しないで閉経を待ちますということで、結局五年間我慢しました。当然、貧血が伴いますから、いつも錠剤を飲んでいました。

やっぱり手術したほうがよかったかなって思いましたけれど、耳が突発性難聴になったら、そのショックで二ヶ月後に閉経してしまいました。閉経後は明るく楽しい日々を送れるぞ！　と期待していたのに、次には難聴という辛さが待っていました。そして、いろいろな辛さがどんどん積み重なっていきました。

昨年入院する前まで、ずーっと生きることが切なくて、死ぬことばかり考えていました。腎腫瘍がわかる、もっともっと前から。妻にもなれず、母にもなれず、お気楽に人生を過ごしてきて、一人の寂しさ、不安、その他思い知りました。入院の支度をしていた十二月三、四日、私の心は孤独で、悲鳴を上げ、体の中を風がぴゅーぴゅー吹き抜けていました。

入院してからのほうが寂しくありませんでした。同室の女性たちもいらっしゃるし、一人でないことが私に安心を与えてくれました。入院中は、本当に心穏やかでした。手術に対する不安もなかった。駄目だったら仕方がない。どうせ死にたいと思っていたのですから、なんとも思いませんでした。退院してからのほうが、だんだん精神的に落ち込んでしまいました。

一人でいる孤独感と、聞こえない疎外感に打ちのめされてしまったの。そういう時に黒ちゃんと再会でき、黒ちゃんのお陰で、私はうつ病の入り口あたりで持ちこたえています。時々、泣きます。そして《神様、もうこれ以上の辛さは与えないでください。私には耐えられません》と、手を合わせている私。きょうは、ちょっぴりセンチになってしまいました。

「売店日記」、もちろん三番目の結末で。見守り続けてくださいな。お・ね・が・い。

ゆき絵

某月某日

きょうはゆき絵ちゃんが、お鍼の後にきっと顔を見せてくれる。そしたら、ホテルのバイトはサボって相談しよう。それは二人の「売店日記」を、二人の共作で懸賞小説に応募すること。

黒ちゃん、こんばんは。

きのうは手話講習会があり、遅くなってしまったので、きょうFAXを送ります。十月六日（土）に入門クラスの仲間たちと「駿河湾クルーズと天城峠ミニハイク・浄蓮の滝・秋の味覚スペシャル」という、長ったらしい名称のバスツアーに行くことが決まりました。楽しみです。

平成十一年に姉妹で旅行して以来です。きのうは初級クラスの人たちとの交流会でした。言葉は出ても手話が出てこなくって、もっと勉強しなくてはとつくづく思いました。時間はいっぱいあるのに、何かするという気力がありません。駄目ですよねー。

台風が近づいているようです。あしたの天気は雨という予報。どうしましょう、銀座で待ち合わせて、相田みつを美術館へ行く約束。　ゆき絵

九月九日（日）

ゆき絵ちゃん、おはようございます。

コーヒーを飲みながら、雨を眺めています。残念。きのうの傘マーク、うそではなかったね。台風が突然立ち消えになって雨なし、お出かけ可能というのを期待していたのですが、仕方ないです。相田さんには、また日を改めて会いに行きましょう。

ゆき絵ちゃんはいくつも目的ができて、なかなか忙しそうですね。とりあえ

ずは、旅行に向けて少しずつ体調を整えてください。「駿河湾クルーズと天城峠ミニハイク・浄蓮の滝・秋の味覚スペシャル」、すごいですね。四つもメインがあるんですから。私は、浄蓮の滝と秋の味覚スペシャルに心惹かれます。特に浄蓮の滝、言葉の響きが好きです。まだ一ヶ月も先ですけど、一ヶ月ってすぐですよ。私が箱根の旅を待ちわびたのと同じでしょう。

くろ

某月某日

浜野さんが泣いています。

「きょうは朝から悲しくて悲しくて、ずっと泣いていた」

と言うのです。

「どうしたの？　ご主人は優しいのでしょう？　九月が誕生月と言っていたわよね。もう誕生日はきたの？　歳を取って、老いを感じて悲しくなったの？」

矢継ぎ早に畳みかけて聞いちゃいました。どうしていいか、わかりません。私はうろたえていました。

「ううん、何もないの。主人は優しすぎるの。もう少し束縛してくれても、と思うくらい。何をしても、ただ優しいの。誕生日はまだです。まだ四十八歳です。ああ、もう大丈夫」

と言いながら自販機に飲料を補充し、また泣いています。どうしよう。浜野さんを一人おいて帰れません。でも、私には次の仕事があるし……。これは不定愁訴と言うものでしょうか。

しかし、浜野さんは泣いている顔も綺麗でした。私が泣けば、目はしょぼしょぼ、鼻は真っ赤で、とても見られたものではないのですが。そのうち、落ち着いたらしく、お客さんと笑って話をしているので、まあいいか、と帰りました。

一日経ったきょう、

「きのうは、ごめんね」

と、明るくやって来ました。ただのセンチメントだったようです。そういう彼女に、心乱れる私です。

くろ

黒ちゃん、こんばんは。

彼女は多分、泣きたくなったから泣いた、そんなこともあるのよ、きっと。

私、お鍼、しばらく中止しようかと思っています。気持ち良い時もあるんですけど、やっぱり痛いし怖い。体が緊張して固まってしまい、時々冷や汗をかきます。

きのう、病院で聴力検査をしたら、また下がっていたの。心理外来の先生とのお話も、大きな声で言ってくださるのに、前よりも聞こえが悪いんです。自分の声も、少しずつ聞き取りにくくなってきていて不安です。
とにかく、耳のあたりは（首筋あたりも）たくさんの神経があるから、あちこちからの影響を受けるらしいのね。これが中止しようかなと思う理由です。

ゆき絵

九月十二日

ゆき絵ちゃんに鍼は合いませんか、そうですか。劇的な回復を期待していましたが、そうは問屋がおろさなかったようですね。主治医の先生のおっしゃること、ゆき絵ちゃんが納得して、相談して決めたのならそれが一番と思います。私に気を遣うことはないですよ。

ところで、相田さんにはいつ会いに行きますか。今や世界的規模で、まるで映画のようなすごい事件やら事故やらが次々と起こっています。楽しいこと、やりたいこと、しなければならないことは早めにやっておかないと、どこで標的にされるかわかりません。巻き添えとか、とばっちりが、決してないとは言い切れないきょうこの頃……。

きのう、娘と二人で超豪華なディナーに行きました。親戚中をたらい回しになって届いたディナーの招待状。私にとっては最高のひとときでした。シャンパンに始まりデザートに至るまで、あれは夢ではなかったのか。七時半スタートで終わったのは十時でした。

うちに帰り着くと、アメリカの同時多発テロのニュース。ああ、やっぱり全部夢だね、これは。夢のディナーのメニュー送ります。

くろ

キャビアのサンドイッチに、オマール海老に、仔牛のステーキ。ああ、全部大好き。ワイン一本は空けちゃいます。

きょうは手話の仲間たちと四人で、目黒にあるパイオニア（株）が主催した（「社内ボランティアの会」協賛）〝身体で聴こう音楽会〟へ行ってきました。出場したのは「フラワーメイツ」という、手話のコーラスグループです。テーマは「昭和」。昭和のムードの漂う「東京ブギウギ」「いつでも夢を」「UFO」「恋人よ」等、合計十二曲を手話で歌ってくれました。それぞれに衣装を凝らし、ダンスがつき、とっても楽しい会でした。

私たち聴衆は、ボディソニックという椅子に座って聴きました。この椅子は震動するようになっていて、背もたれのところにスピーカー（？）があり、音量は手元で調節できます。言葉は少し聴き取りにくいのですが、音楽は雑音としてしか聴くことのできなかった私にも充分に楽しめました。「明日があるさ」を聴いた時には、とても感動して涙が出てしまいました。

先週、聴力検査の先生に、

「最近、自分の声が聞こえにくいことがしばしばあります」

と話したら、

「聞こえなくなることはない（私を不安がらせないために）と思うけど、もしそうなった場合を考えて、今の話す声でどの程度相手に聞こえているか、覚えていたほうがいいですよ。そうしないと、とっても大きな声で話したりして、相手に聞きづらい思いをさせますから」

と言われました。やっぱり、ショックでした。もう、仕方がないんだから、受け入れなくては、と自分に言い聞かせるのですが……。まだ少しでも音が聞こえるのは、幸せなことなんですよね。

「売店日記」進んでいますか。頑張ってね。几帳面でまじめな人。悲しい時は、いっぱーい泣いちゃおう。浜野さんみたいに、なんともなくても泣いちゃおう。

ゆき絵

某月某日

ゆき絵ちゃん、音楽が聴けてよかったね。ゆき絵ちゃんが嬉しいと、私も嬉しいです。

前回の浜野さんの件、あの四十八歳という年齢ですが、ゆき絵ちゃん、私はまだその頃、生理もありました。なんだかわからないけれど、その頃の私は一番自信を持って生きていました。その一時期だけ、男にもてました。出会う男が皆、好意的に私を見る。そんな気がしていました。笑わないでください。一日に何度も男に声をかけられました。脂ぎったダサイ奴ではなく、身なりも目鼻立ちもいやらしくない、いわゆる良い男たちでした。

私は夫を憎んでいます。仕事に疲れて家にいる時は、ほとんどテレビの前でいぎたなく酒浸りの夫。でなければ、昼夜とわず寝ている夫。テレビを見ながら眠り、覚めればまたグラスに酒を満たして少し口をつけ、また眠り込んでしまう。休日はほとんどそうして過ごしています。口から出るのは仕事の自慢か愚痴、あるいはどこかで聞いたような話。

五年前の話です。毎朝通勤電車で会う彼、気がつくと私の隣に立っているのです。満員電車なのに、すーっと寄ってきます。彼は痴漢か？　七時台の横須賀線の車両には、私の知る限りちゃんとした痴漢が別に一人いました。そして、そいつは自分の近くにいる女性をターゲットにしていました。

彼も痴漢かと思った私は、彼と違う車両に乗ることにしました。すると、彼はどこで見ているのか、私のいる車両に移ってくるのです。五月のはじめ、皆が汗っぽい顔をしているのに、彼は涼しい顔。真夏でもそうでした。こんな人が、なぜ私のように地味な女に興味があるの？

降りる駅は私が浜松町で、彼は田町。品川で山手線に乗り換えるのを知ってからは車両を変えたり、ひと電車早めたり、しまいには山手線には乗らず、京浜東北線にして新橋経由の営団線に乗り継ぎ、神谷町から芝の会社に通うようにしました。でもそれがいけなかったのです。

品川のホームで、じっと私を見つめる彼におののきました。そんな日が何日か続いた後、私は品川で降りて山手線のホームまで彼と一緒に歩きました。あの時期、毎日毎朝が新鮮でした。恐れながらも彼を探しました。彼の視線を感じると、嬉しくて震えたものです。でも、そんな日はもう二度ときません。

今の浜野さんに、あの頃の私が重なります。だって、私の夫はいつも寝ていたんだもの。「売店日記」最終回です。

「飲料が出ないんです。千円入れたんですが、なにかに引っかかっちゃって、ここにお札が見えているんですが」

朝の一番忙しい九時半頃、穏やかな顔の紳士がそう言いました。

「そうですか、すみません。じゃあ、これをもう一度入れてください」

なんの疑いももたずに、私は百円玉五個と五百円玉一個を渡しました。

「いいんですか？　すみません。ここに見えているんですけど」

「後でみるからいいですよ」

その積もりでしたが、見る暇がありません。浜野さんが来てから経緯を話し、自販機を開けて見ると、引き千切られた三分の一の千円札しか出てきません。後の三分の二はどこへいったのか。

私の受け持ちの煙草の自販機なら、諦めて自腹を切ったと思いますが、さすがは浜野さん。まず、三分の一のお札を銀行へ持っていきました。しかし、三分の一ではお札の価値も零だと言われたそうです。申し訳ない。私が甘かった。

浜野さんは次に、会社と交渉しました。

「常習だと思ったのですが、下手に騒いで駅に苦情を持ち込まれても困ると思って、はい、お金出しちゃいました。私が泣けばいいんですね」

と上手に交渉して、会社から千円分品物でもらうことで話をつけました。これで私たちの腹は痛まない。このように、浜野さんに尻拭いをしてもらったのは一度ならず二度三度。情けないなあ。しかし、そんな人には見えなかったのに……。

「そうなのよ、黒井さん。これで三千円になるのよ。三分の一のお札で三箇所から千円ずつ持っていくのよ。まあ、しょうがないじゃない。お客様と喧嘩して駅に苦情を持ち込まれてもつまらないし」

そう、お客様は立場が強い。非は必ずこちら側になってしまいます。つまらないことで職を失うわけにはいきません。浜野さんは、私のことをベストパートナーといってくれますし。私が朝、

「おはようございます。行ってらっしゃい」

浜野さんが夜、

「お疲れ様」

と言うことで、お客様は喜んでくださる。そう聞けば、私たちも嬉しい。あと何年、新橋のエスカレーターを駆け上がれるかわかりませんが、頑張ってみよう。それに、ゆき絵さん。私はここで、彼女を見守っていかなければなりません。それが彼女の希望だから。

彼女は、聞こえない世界を受け入れようとしています。出会った頃、調子が良い時には電話で話すことも可能だったのに、今ではもう無理になってしまいました。補聴器を使うと、あとが辛いらしいのです。私に会話を書いてもらうのが悪いと遠慮しますが、甘えてください。筆談は上手くないけど、嫌いじゃありませんから。

症状が固定しないので、障害者の認定も受けられないそうです。障害者手帳があれば、さまざまな特典もあるらしいのですが。症状が固定するというのは、どういうことですか？　それ以上良くならない、それ以上悪くならない、という見極めを、どこでつけるのですか？　デシベルがいくつで、どれだけの期間続けば？

彼女は朝、目が覚めると「おかぁさーん」と声を出してみるといいます。いつまで「おかあさーん」が聞えるかしら、と言っています。また、人の役に立つ仕事をしたいと言っています。

「手話もまだおぼつかないけれど、何かできるかしら。今まで出会った人のこと、恨んだこともあったけれど、皆私を助けてくれました。そう思えるようになったの。感謝しています。だから、私も人のために何かしたい」

ゆき絵さん、私も手伝います。なんでも言ってください。私はこの売店にいますから。ずっと見ていますから。

おわり。くろ

某月某日

ゆき絵ちゃん、一応小説ができ上がりました。心ならずも、ゆき絵ちゃんの文章を半分以上、省いてしまいました。

本来なら、全文入れたかったのですが、大半が私への過分な誉め言葉なので、とても面映く、その部分だけを削って構成するのは私の力量の及ぶところではありませんでしたので。

ただ、締め切りがあるわけでもないし、私はこれを一生ひねくり回してもいいという気持ちでいますから、ご注文、ご指摘等ありましたら、遠慮なく申し出てください。いつでも大歓迎です。

くろ

著者プロフィール

池松 芳子（いけまつ よしこ）

1949年、宮崎県出身。

売店日記

2002年9月15日　初版第1刷発行

著　者　池松 芳子
発行者　瓜谷 綱延
発行所　株式会社 文芸社
〒160-0022　東京都新宿区新宿1-10-1
電話　03-5369-3060（編集）
03-5369-2299（販売）
振替　00190-8-728265
印刷所　株式会社 フクイン

ISBN4-8355-4286-X C0093